KB024646

시, 마당을 쓸었습니다

나태주 시선집

시, 마당을 쓸었습니다 - 시, 시인, 시인을 위하여

초판 1쇄 발행   2016년 6월 7일
초판 2쇄 발행   2016년 8월 26일

지은이   나태주

펴낸이   김선기
펴낸곳   (주)푸른길
출판등록   1996년 4월 12일 제16-1292호
주소   (08377) 서울시 구로구 디지털로 33길 48 대륭포스트타워 7차 1008호
전화   02-523-2907, 6942-9570~2
팩스   02-523-2951
이메일   purungilbook@naver.com
홈페이지   www.purungil.co.kr
ISBN   978-89-6291-353-8   03810

나태주 시선집

시, 마당을 쓸었습니다

시, 시인, 시인을 위하여

2016. 3. 12
나태주

푸른길

시인에게 있어서 시는 평생을 두고 찾아야 할 이상향 같은 그 무엇이
며 목숨 다하는 날까지 마음속에서 내려놓을 수 없는 숙명 같은 것이
다. 애물단지 바로 그것이다.

그런가 하면 시인 자신은 시한테 사로잡힌 포로이며 벌 받는 사람이
다. 그러함에 시인 자신 연민을 아니 가질 수 없는 입장이고 동시대 시
인들에 대해서도 연대의식이 또한 없을 수 없겠다.

이 책은 그리하여 시와 시인과 동시대 시인들에 대한 간절한 소감을
그때그때 시의 형식을 빌려서 쓴 글들을 모은 것이다. 한 시대 한 시인
이 그렇게 이 땅에 살다 갔음을 기념하고 싶어서 내는 책이다.

크게 괘념치 마시고 시와 시인에 대한 이러저러한 감회들을 공유했으면 하는 마음이다.

2016년 신춘
나태주

2부   시인

3부 시인을 위하여

시, 마당을 쓸었습니다

1부   시

시 · 1

어머니, 저는 시를 회임합니다
일찍이 당신께서 저의 어린 영혼을
당신의 몸 안에 두시고
한편 기껍고 서럽고 한편 안쓰러우셨던 것처럼

드디어 어머니,
저는 시를 분만합니다
그러나 이내 깊고 깊은 허탈의 샘물에 던져지고 맙니다
일찍이 당신께서 저를 분만하고 그러셨던 것처럼

어머니, 오직 저는
시를 회임하고 분만하는 전과정을 통해서만
당신 마음 가까이 갑니다
저를 회임하고 분만하셨던 당신 마음의 전과정 가까이
가고자 합니다.

(1976. 9. 20)

별곡집 · 86

반은 시에 취하고 반은 술에 취해서
내 이 봄날 살아 있는 일만 얼마나 고마우랴!
반은 햇빛에 취하고 반은 눈물에 취해서
가다간 보고 싶은 너 이러이 만날 수 있고.

(1982. 4. 6)

땅바닥 시화전

대학로 귀퉁이

아스팔트 바닥에

학생들이 그려 붙여 놓은

땅바닥 시화전

사람들 눈에는 잘 띄지 않아

무심히 밟고 지나치지만

하나님 눈에는 잘 보여

허 그 녀석들 참

감탄하시며 내려다보시는

땅바닥 시화전.

(1990. 5. 28)

선물

세상이 내게 준 선물은
내가 쓰는 나의 시
내가 세상에게 주는 선물도
내가 남기는 나의 시
세상이여 영원하거라
내가 남긴 시여 오래 살거라
이 세상은 참 좋은 곳이란다.

(1989. 8. 11)

시 · 2

마당을 쓸었습니다
지구 한 모퉁이가 깨끗해졌습니다

꽃 한 송이 피었습니다
지구 한 모퉁이가 아름다워졌습니다

마음속에 시 하나 싹텄습니다
지구 한 모퉁이가 밝아졌습니다

나는 지금 그대를 사랑합니다
지구 한 모퉁이가 더욱 깨끗해지고
아름다워졌습니다.

(1989. 10. 22)

시·3

내가 지금보다 더
외로워지면
찾아와 주실 거야

내가 지금보다
허리를 낮추면
맑은 물로 고여 주실 거야

끝내 내가 맨땅에
코를 박고 어푸러지면
그때에서야 달려와
일으켜 주실 거야.

(1994. 3. 11)

시 · 4

무지개 가지고서는 안 된다
무지개 뒤에 숨어 있는 무지개
우리들이 버리고 온 나라를
보아야 한다

바람 앞에 두 팔 벌려
춤을 추는 나무 가지고서는 안 된다
나무 뒤에 또 하나의 나무
우리를 근심스런 눈으로 바라보시는
누군가의 눈길을 느껴야 한다

땅바닥에 떨어져 구르는

낙엽 가지고서는 안 된다

낙엽 밑에 또 하나의 낙엽

갈급한 목소리긴 하지만

어둠 속으로 돌아가며 정답게

소곤대는 목소리에 귀 기울여야 한다.

(1995. 10. 23)

시·5

연록색 나무 이파리 사이
요리조리 길을 내며
바람이 간다
바람의 길을 따라
마음도 간다

그처럼
말씀이 가는 길이 있다
소리가 가는 길도 있다.

(2001. 5. 1)

시 · 6

부질없는 시

허무하고
허무하기에

다시금
쓰는.

(2002. 8. 9)

천천히 가는 시계

천천히, 천천히 가는
시계를 하나 가지고 싶다

수탉이 길게, 길게 울어서
아, 아침 먹을 때가 되었구나 생각을 하고
뻐꾸기가 재게, 재게 울어서
어, 점심 먹을 때가 지나갔군 느끼게 되고
부엉이가 느리게, 느리게 울어서
으흠, 저녁밥 지을 때가 되었군 깨닫게 되는
새의 울음소리로만 돌아가는 시계

나팔꽃이 피어서
날이 밝은 것을 알고 또
연꽃이 피어서 해가 높이 뜬 것을 알고
분꽃이 피어서 구름 낀 날에도
해가 졌음을 짐작하게 하는
꽃의 향기로만 돌아가는 시계

나이도 먹을 만큼 먹어가고
시도 쓸 만큼 써보았으니
인제는 나도 천천히 돌아가는
시계 하나쯤 내 몸 속에
기르며 살고 싶다.

(2002. 8. 26)

세상

세상은 누나다, 엄니다
누나를 보듯 엄니를 우러러보듯
세상을 보면서
시를 쓴다

세상은 딸이다, 손녀딸이다
딸을 생각하듯 손녀딸을 가슴에 품듯
세상을 생각하면서
그림도 그린다

세상이여 당신, 언제나 이쁘거라
세상이여 너, 내일도 부디 젊었거라.

(2005. 9. 15)

시·7

그냥 줍는 것이다

길거리나 사람들 사이에
버려진 채 빛나는
마음의 보석들.

(2006. 6. 2)

병원행

맨땅에 맨몸으로
지렁이가 시를 쓰고 있다
하나님만 알아보시도록
구불텅구불텅
나는 저런 시 앞으로도
써보지 못할 것이다.

(2007. 8. 22)

햇빛 밝은 날

종일
바다와 마주 앉아
시 한 편 건졌습니다

종일
풀꽃과 눈 맞추다가
그림 하나 얻었습니다

옛다!
이거나 받아 가거라
고요한 우주의 숨소리를 들었습니다.

(2006. 10. 14)

시의 주인이기를 포기함

시를 버린다

버리지 않고서는 살 수 없기에

날마다 시를 버린다

옛사람들은 시를 써서

개울한테 버리고

바람한테 보내고

달빛한테 주고 또

꽃한테도 맡겼다 그러지만

나는 아직 그런 재주를 몰라

시를 써서 종이한테 버린다

세상한테 버린다

누가 주워 가든 말든
알 바 아니다
나는 이제 내 시의 주인이 아니다
내가 살기 위해서 나는 이제
내 시의 주인이기를 포기한다

시여, 부탁합니다 이제
당신도 나를 버려주시기 바랍니다.

(2006. 9. 9)

시를 두고서

나의 시가 외로운 것은
세상이 외롭기 때문입니다

나의 시가 쓸쓸한 것은
당신이 쓸쓸하기 때문입니다

시인은 세상의 번역가
나무의 말을 번역하고 구름의 말
새들의 말을 번역합니다

시인은 당신의 통역사
당신의 슬픔과 기쁨 그리고
외로움을 통역합니다

나의 시가 때로 슬픈 것은
지구가 슬픈 탓입니다

나의 시가 때로 어둑한 표정인 것은
우주가 또 어둑한 표정인 탓입니다.

(2007. 7. 29)

시가 나를 깨운다

울긋불긋한 꿈을 꾸다가
아무래도 불편한 느낌으로
문득 깨어 일어나
앉아 있곤 하는 밤

시가 저절로 써질 때 있다

필경은 낮에
쓰다가 실패한 시
꿈속까지 따라와
칭얼대던 시

바로 그 시가 나를 깨웠던 것이다.

(2012. 1. 4)

화중유시

그림을 그리다가
그림 아래 뚝
떨어지는 시를 줍는다

시를 쓰다가
시 위로 후루룩
날아가는 그림을 본다

애야, 이것도
네 것이다.

(2011. 12. 1)

지하철 시

서울 지하철역마다
스크린도어에
새겨진 시, 시, 시
너무 많아 시시하다.

(2012. 1. 18)

불쌍한 시

오늘도 나는
때 묻은 돈 봉투 겉장에
시를 두 편이나 썼다

그러면서 아내한테
5만원씩 10만원 벌었다고
자랑을 한다

내가 쓴 시가 너무나 불쌍해서.

(2011. 12. 26)

C

어려서부터 나는 먼 나라 유럽이 그리웠고

낯선 땅 사막이 궁금했다

자라서 유럽과 사막을 찾았을 때

정작 그곳엔 내가 그리워하고 궁금해했던

유럽과 사막은 이미 없었다

그렇다면 나의 유럽과 사막은 사라진 걸까?

아니다

여전히 훼손되지 않은 채

이쪽과 저쪽 허공 어딘가에 남아 있을 것이다

B도 A도 아닌 C

그것을 오늘 나는 꿈이라 부르고 사랑이라 부르고

희망이라 부르고 또 시라고 말한다.

(2014. 4. 21)

시에게 부탁함

그 시절 힘들었을 때
살며시 이마 위 꽃잎으로 얹히고
어깨 위에 부드러운 손길로 왔던 누군가의 시
그로 하여 그래도 내가 숨 쉴 만했고
가던 걸음 이을 수 있었던 것처럼

가라! 이제는 나의 시에게 말한다
어디든 가서 내가 모르는 사람
그날의 나처럼 힘든 사람에게
부드러운 손길이 되고 가벼운 꽃잎이 되라

그리하여 뒷날
나의 시로 하여 그래도 견디기 힘든 날
숨 쉴 만했다고 견딜 만했다고
그래서 조금은 좋았다고 고백하게 하라.

(2014. 8. 16)

시 · 8

만나기는 한나절이었지만
잊기에는 평생도 모자랐다.

(2015. 1. 21)

시 · 9

온몸을 인생에 적셔
그 붓으로 꿈틀꿈틀
몇 마디 되다 만 문장.

(2015. 1. 1)

시 · 10

너 자신을 너의 감옥에서 탈출시켜라

사랑의 감옥 아름다움의 감옥

행복의 감옥에서 불러내라

색깔이나 소리의 감옥에서도 끌어내라

검정색은 암흑이고 백색은 광명이라는 따위의

오해와 속박에서도 해방시켜라

우선 너의 말에게 자유를 주라

그 말이 뛰는 말이면 초록빛 들판을 선물할 일이고

입에서 나오는 말이면

하늘빛 상상력을 먹이로 줄 일이다

다 같이 시가 될 것이다.

(2015. 4. 14)

시·11

세 살짜리 어진이 손자아이 어진이
민들레 꽃 대궁 홀씨 꽃 대궁
꺾어 들고 호호 불어
멀리 멀리 날려 보낸다

나의 시여
어진이의 마음이여
가벼워질 대로 가벼워진 다음엔
너도 멀리 떠나라

민들레 홀씨처럼
나 모르는 곳까지 가서
돌아오지 말거라
니들끼리 잘 살거라.

(2015. 5. 12)

시 · 12

산문은 100 사람에게
한 번씩 읽히는 문장이고
시는 한 사람에게 100번씩
읽히는 문장이라는데

어쩔 거냐?
시가 나에게 묻는다.

(2015. 4. 26)

시로 쓸 때마다

지구는 우주 속에서
하나밖에 없는
푸른 생명의 별

나는 또 지구 가운데서도
한국이라는 나라에 사는
시 쓰는 한 사람

너는 또 내가 사랑하여
시로 쓰기도 하는 오직
한 사람 여자

내가 시로 쓸 때마다 너는
나의 푸른 중심이 되고 끝내
우주의 중심이 되기도 한다.

(2015. 4. 25)

망할 놈의 흰 구름

- 꿈에 쓴 시

하늘에 흰 구름이 높은 오후,

흰 구름을 보니 고향 집이 가까이 있을 것 같은 착각이 들었지

마당에 손님이 맡겨 논 말이 보였지

그 말을 타고 무작정 달렸지

조금만 가면 집에 닿을 것 같았던 거야

그러나 반나절을 달렸는데도 반에 반도 못 갔던 거야

그쯤에서 돌아섰어야 하는 건데 그러지 못했지

그로부터 더 이상은 직장을 얻을 수 없는 사람이 되었지

다니던 학교도 마칠 수 있었고 결혼도 할 수 있었고 집도 가질 수 있

었고 아이도 가질 수 있었는데 그것으로 모든 일이 끝장이 나버렸지

그 망할 놈의 그리움, 흰 구름이 모든 것들을 망쳐 놓고 말았던 거야.

(2016. 1. 25)

잃어버린 시

누구나 마음속에 어린아이 하나 살고 있지요. 눈이 맑고 귀가 밝은 아이. 작은 바람 하나에도 흔들리고 구름 한 쪽에도 울먹이고 붉은 꽃 한 점에도 화들짝 웃는 아이.

우리가 어린 시절 다니던 초등학교 운동장에 두고 온 아이입니다. 고향 떠나올 때 고향 집 초라한 마루 끝에 손사래 쳐 떼어놓고 온 바로 그 아이입니다.

그 아이 불러내야 합니다. 그 아이 손을 잡고 다시금 먼 길 떠나야 합니다. 그리하여 그 아이를 시켜 말을 하게 해야 합니다. 보는 것 듣는 것 생각하는 것 그 아이더러 대신 말하라 해야 합니다.

그것이 바로 당신의 시, 잃어버린 바로 그 시입니다. 다시금 찾아야 할 우리들의 시입니다.

(2016. 3. 17)

2부   시인

시인 · 1

날마다 날마다 울면서 떠난다

흰 구름을 따라서 바람을 따라서

견자見者의 길 나그네의 길

내가 찾는 사람은 어디 있는가?

내가 그리운 나라는 어디에 있는가?

날마다 날마다 앓으며 떠난다

민물고기 지느러미 되어 도요새의 날개가 되어.

(1986. 1. 12)

변방 · 29

지금도 눈이 오는 날은
그 마을에 들르고 싶다
가서, 아무리 퍼 마셔도 배만 부를 뿐
쉽게 취하지 않는 싱거운 막걸리를
마시고 싶다

막걸리가 서서히 취해오기를 기다려
한물 간 대처에서 밀려온 작부랑
알아주지도 않는 시 나부랭이를
열심히 끄적이는 청년이랑
나무젓가락 장단에
한 순배 두 순배······
흥겹게 노랠 부르고 싶다

밤이 깊어 뜰팡*에 내리면
처마밑에 깃을 친 참새들
인기척에 놀라 푸득이고
벗어논 신발에
눈과 함께 소복이 쌓이던 달빛,
달빛 신발을 신고 돌아오고 싶다
억울하고 답답한 가슴 다독이며
다독이며 기인 밤 잠들고 싶다.

(1980. 11. 16)

*뜰팡 : 뜨락.

그대 지키는 나의 등불 · 16

탐욕스런 임금의 손에 닿으면
모든 것은 황금으로 변한다
왕비도 왕자도
놀이개도 궁전도

아름다운 시인의 생각이 머물면
모든 것은 시로 변한다
술집 여자도 쓰레기도
악마나 천사도

사랑하는 사람들의 눈길이 스치면
모든 것은 사랑으로 변할까?
헐벗은 나무도 산도
길거리 돌멩이도 낙엽도
군밤 장수 아저씨의 장갑까지도.

(1986. 11. 21)

시인 · 2

범인이 범인으로 살지 못하고
비범인 흉내를 내려다가
그만 손발 묶인 죄인.

(1986. 5. 14)

리트머스 시험지

나는 리트머스 시험지
쉬이 물이 들고 후질러지는
리트머스 시험지
매일같이 한 장씩
새 걸 꺼내 들고 떠나지만
한나절도 못 가 지레 먹물이 들고
핏물이 들어
못 쓰게 된다
그리하여 정작 써야 될 때
쓰지 못하게 된다
하나님,
제가 가진 리트머스 시험지
다 후질러지면 돌아가겠습니다
당신 나라로 돌아가겠습니다.

(1986. 5. 10)

썩은 시인

이팝나무꽃 새하얀 골에
쓰러져 우는 달빛 같은 시
손이 시리면서
가슴이 쓰려오면서
여릿여릿 물결쳐오는 안개비 같은 시를
쓰고 싶다고 말하는 나를 보고
아내는 느닷없이 당신은
썩은 시인이라고
썩었어도 속이 곯을 대로 곯아버린
시인이라고 말한다

그야 그렇지
속이 썩어서 곯아버려야
새싹도 나고 새 꽃이파리도
솟아나게 할 것이 아니겠는가

그 왜 잘 썩고 곰삭은 연못일수록
연꽃도 어여쁜 연꽃을 피워올린다는
말씀이 있지 않던가.

(1996. 5. 1)

시인 · 3

제 상처를 핥으며 핥으며
살아가는 사람
한 번이 아니라
연거푸 여러 번
연거푸 여러 번이 아니라
생애를 두고
제 상처를 아끼며 아끼며
죽어가는 사람, 시인.

(1997. 1. 27)

시인·4

내 마음속
한 계집아이
세들어 살고 있다

변덕이 심한 그 계집아이
눈썹이 포로소롬한 그 계집아이

눈썹을 치켜세우고
변덕을 부리기 시작하면
다른 세입자들은 맘을 졸이며
눈치를 봐야 한다

그 계집아이의 변덕이 때로 나를
시인으로 만들어주기도 한다.

(2001. 3. 7)

쓸쓸한 서정시인

세상에 와서
시를 만난 건 우연이었다
누가 날더러 시를 쓰라
시키지도 아니했고
시를 쓰면 좋겠노라 부추겨준
스승이 있었던 것도 아니지만
책을 길잡이 삼아
시의 나라로 들어가서 다시는
나오려 하지 아니했다

세상에 와서
시인들을 만난 것은 더더욱 우연이었다
내게는 이미 부모 형제가 있었고
친구들과 이웃들이 있었지만
시인들을 만난 뒤로부터 그들은
내 새로운 혈족이 되어주었고
친지가 되어주었다

나 또한 그들의 아들과 조카와 손자와
동생과 형님과 오래비와 친구와 이웃이 되어
결코 후회됨이 없었다

그러나 나는 쓸쓸한 서정시인
바람과 구름을 따라다니다가 끝내
바람이 되고 구름이 되고 싶었던 사람
내가 길을 나서면 바람이 뒤따르고
구름이 앞장서서 나를 부른다
풀이파리 비단방석을 깔고
새소리 풀벌레 울음소리 징검다리를 놓는다
바람이 불면 바람 불어서 슬프고
햇빛 고우면 햇빛 고와서 외로운
나는 쓸쓸한 서정시인.

(1997. 8. 22)

서정시인

다른 아이들 모두 서커스 구경 갈 때
혼자 남아 집을 보는 아이처럼
모로 돌아서서 까치집을 바라보는
늙은 화가처럼
신도들한테 따돌림 당한
시골 목사처럼.

(1980. 2. 28)

시인학교

남의 외로움 사 줄 생각은 하지 않고
제 외로움만 사 달라 조른다
모두가 외로움의 보따리 장수.

(2000. 8. 14)

지상의 나뭇잎

시인이 죽었다
지상에 살던 한 시인이
하늘나라로 주소를 옮겼다
시인의 이름과 주소가
지상에서 지워짐은 물론이다

그가 키우던 새들도 노래를 멈췄고
그가 흘려보내던 개울물도 사라졌고
그와 함께 나뭇잎의 겨드랑이를 간지르던
바람의 손도 떠나갔다
이미 지상의 나뭇잎은 지상의
나뭇잎이 아니었다

오늘밤 별 하나
새롭게 반짝이는 걸
나는 바라본다.

(2001. 8. 22)

시인 · 5

아서라, 그대
세상을 위해 살았노라
대신해서 울었노라
큰소리치지 마라

오늘도 그대
스스로를 위해 밥숟갈을 들고
자신의 슬픔과 기쁨 위해
한숨 흘리지 않았던가

부디 그대 세상이 알아주지 않음을
노여워하지 말고
그대 자신이 세상을 더 잘 알지 못했음을
한탄하라

다만 그대의 흐린 별빛

어두운 밤길 헤매는

한 나그네의 발길을 이끌고 그의

고달픔을 달랠 수 있음만 감사하라.

(2004. 8. 2)

시인 · 6

속지 말라

시는 밥도 아니고 옷도 아니고 돈도

신발도 아니고 모자도 아니고

그렇다고 지붕으로 올라가는 사다리는 더더욱 아니다

다만 세상으로 나아가는 조그만 징검다리일 뿐이다

시는 소낙비도 아니고 한 그루 나무도 아니고

한 무리의 안개도 아니고 다만

풀잎 끝에 아침 한나절 쉬었다 가는 이슬이거나

이슬을 스치고 가는 바람이거나 그 위로 떨어지는

산새 울음소리 한 소절일 뿐이다

속이지 말라

시인은 결코 의인도 아니고 선각자도 아니고

더더구나 예언자도 아니다

그는 다만 세상에 나와 꽃구경을 하고 있는 어린아이거나

필경 흘러가는 하늘 흰 구름이나 바라보며 웃음 짓고 있는

철부지 아이일 거다

시인은 시인일 따름, 더도 덜도 아니다

다만 그는 가슴이 따뜻하고 눈빛이 부드러운 눈물기 많은

그저 보통의 한 사람일 뿐이다.

(2004. 11. 10)

비범인

사람은 죽을 때 가장 착한 사람이 되고
가장 진실한 사람이 된다고 한다
마지막 숨이 넘어갈 때
정신이 조금 남았을 때
번갯불처럼 짧고도 빛나는
한마디 말을 남긴다고 한다
그래서 장군은 장군다운 생애를 마치게 되고
시인은 시인다운 일생
화가나 음악가는 또 예술가다운 생애를
서둘러 완성하게 된다고 한다
그 가운데서도 내가 제일로 좋아하는 말은
어느 시골 무명시인이 죽으면서
자기 아들에게 남겼다는 이런 말씀이시다
인생은 허무한 거야
자네도 잘 살다 오시게.

(2005. 12. 10)

외로운 사람

전화 걸 때마다
꼬박꼬박 전화 받는 사람은
외로운 사람입니다

불러주는 사람 별로 없고
세상과의 약속도 별로 많지 않은
사람이 분명할 테니까요

전화 걸 때마다
한 번도 전화를 받지 않는 사람은
더욱 외로운 사람입니다

아예 전화기에서 멀리 떨어져

새소리나 바람 소리, 물소리의 길을 따라가며

흰 구름이나 바라보고 있는

그런 사람이 분명할 테니까요.

(2006. 2. 23)

_ 혜화당의 송명진 시인에게 편지 대신으로 보낸 시.

시인 · 7

소문 몇 점
벌거벗은 마음 몇 조각
지상에 남아
몸서리쳤다
사람들은 다만 그것을
낙엽이겠거니
밟고 다닐 뿐이다.

(2005. 10. 22)

시인 · 8

마음이 아파서 여러 번
글씨 쓰는 손이 떨렸습니다.

(2005. 8. 6)

오늘 하루

말대로 되지 않는다

글로 쓴 대로는 더욱 잘 되지 않는다

말로는 하지 않겠다고 한 일을 또 한다

하고 또 한다

술 마시지 않겠노라 해놓고 술을 마시고

말이 많아지고 한 말을 하고 또 하고

하지 않겠다고 한 실수를 되풀이한다

무엇보다도 술을 마시면 꽁꽁 숨겨놓았던 마음속

쓰레기들이 한꺼번에 튀어나와서 큰일이다

하고 싶었으나 끝내 하지 못했던 일,

억울하고 분한 일, 섭섭한 일, 문득 그리운 생각,

무엇보다도 그 치사한 그리움이라니!

이제는 자식한테까지 내가 하지 못한 일들을 해달라고

조르고 윽박지르고 종주먹댄다

참 꼴이 아니다 큰일이다 남들 걱정할 때가 아니다

이 늙은 선생, 이 늙은 시인, 늙은 남편, 늙은 아버지,

아, 늙은 아들!

하나님 내려다보시기에는 낡아버리고

헐거워질 대로 헐거워진 인간

얻다 내다버릴 곳도 마땅찮다

무엇보다도 하나님한테 허락받은 오늘 하루

무사히 잘 보내는 일이 큰일이다 과업이다

참 남의 일 아니다.

(2006. 6. 25)

그냥 준다

모처럼 맘에 드는 시 한 편 써지면
안방에 있는 아내 불러 만원씩 원고료로 준다
지갑에 만원밖에 없을 때도 그 만원 빼서 준다
서울서 출판사나 잡지사 젊은 여기자나 편집자 찾아왔다가
돌아갈 때도 만원씩 새 돈으로 골라서 준다
가다가 배고프거든 국수 사 먹고 집에 들어가라고 만원씩 준다
그냥 준다.

(2007. 1. 8)

가을 흰 구름 아래

힘겹게 다시 열린 넓고 푸른 가을하늘,
높이 걸린 흰 구름 보며 생각는다
나는 그동안 무엇을 위해 살아왔나?
내가 이루고 싶었던 것들은 과연 무엇이었을까?

학교에 들어가 공부하며 칭찬받는 아이?
직장에 취직하여 돈 벌고 승진하는 어른?
예쁘고 마음씨 고운 여자하고 결혼하여
아이 낳아 기르며 가끔은 부부싸움도 하는 남편?

아니라고, 그것은 아닐 것이라고 흰 구름이
보일 듯 말 듯 고개를 흔들어준다

그렇다면 좋은 아파트 사서 이사하는 것?
친한 친구들과 만나 크게 떠들며 웃으며
밤새워 술 마시는 것?
낯선 나라로 커다란 가방 들고 여행 떠나는 것?

이번에도 흰 구름은 아닐 거라고, 다시
생각해 보라고 고개를 주억거려준다

모르겠다, 나에게 정말 필생의 사업은 무엇이었을까?
그것은 내가 믿었던 대로 시인이 되어 이름을 내고
여러 권의 책을 만드는 것이었다고 말해줘도
흰 구름은 분명 아니라고, 아닐 것이라고
조그맣게 웃음 지어줄 것만 같다.

(2006. 9. 15)

시인 · 9

평생 헛소리만 하다 간 사람
평생 큰소리만 치다 간 사람
또 군소리만 하고 있는 사람
한 소리 또 하고 있는 사람
더러는 남의 소리만 되받아 지껄이고 있는 사람
그럼 나는 거짓말만 하다 가는 사람?

(2007. 1. 9)

관 冠

사슴은 무관無冠이다
뿔이 오히려 관이다

시인도 무관이다
시가 오히려 관이다.

(2007. 12. 14)

8년

생애의 가장 아름다운
날들이 있었습니다

시인교장
시인의 마음으로 교장 노릇을 했습니다
8년

교장시인
교장의 옷을 입고 시인이기도 했습니다
그 또한 8년

생애의 가장 눈물겨운 날들이
빠르게 지나가고 있었습니다.

(2006. 12. 8)

시인 · 10

옛날의 솜씨 좋은 시인들은 시를 써
꽃나무 가지에 걸어 놓고
개울물에게 맡기고
새들한테 부탁하기도 했다

더러는 달빛에게도 주고
자기네 집 소 뿔 위에 꽃다발로 얹어주기도 하고
기르는 강아지 밥그릇에 슬쩍 넣어주기도 했다

그러나 솜씨가 떨어져도
한참은 떨어지는 나는
겨우 종이에 시를 쓰며 이렇게
한평생 살아갈 수밖에는 없는 노릇이다.

(2009. 8. 15)

시인 · 11

나의 치유할 수 없는 결함은
사람을 좋아하는 병입니다
한두 번만 만났다 하면 이내
좋아져버리는 병이 잘 고쳐지지 않습니다

나의 가장 커다란 실수는
시 쓰는 사람이 되어버린 것입니다
시를 품고 살면서 하루도
편안한 날이 없었습니다

그러나 그 두 가지로 하여
서럽고도 아기자기 찬란한 인생을
기약할 수 있게 되었습니다
고마운 일입니다.

(2009. 12. 9)

시인·12

아무리 유명해져도 유명하다고 생각하지 않는 사람

외로운 일 없이 외롭고 슬픈 일 없이 슬픈 사람

까닭도 없이 버림받은 마음에 괴로워하는 사람

저 혼자 안타까워하고 아파하는 사람

보이는 것 들리는 것 모두 안쓰러워 눈물 글썽이는 사람

단풍철 가을에 더욱 그러한 사람

두고 온 세상, 세상 사람들이 그립고도 못 미더워

구원 받기를 포기한 사람

끝끝내 벌 받은 사람.

(2012. 10. 31)

시집

나의 시집은 오직 한 권
꿈속에 두고 왔다

날마다 나의 시 쓰기는
그 시집을 기억해내는 일

한 편씩 어렵게
베끼는 작업이다.

(2014. 4. 19)

심장

시인들은 심장이 아프다

사람에 대해서
세상에 대해서
너무나 사랑하고 너무나
슬퍼한 탓이다

시인들은 심장이 아프다

사람에 대해서
세상에 대해서
슬퍼하고 사랑하되
너무나 많이 걱정하고
깊게 괴로워한 탓이다

시인들아 이제 심장을
좀 쉬게 해주자
심장한테도 휴가를 주자

너무 많이 써먹어서
남루가 다 된 시인들의 심장
심장은 이제 훈장이다.

(2014. 3. 30)

신간시집

사람이 죽으면 물건도 따라서 죽는다
외할머니 말씀이다
나누어 줄 물건 있으면 살았을 때
아낌없이 나누어 주어라
법정스님의 말씀이다
시인이 죽으면 팔리던 책도
덩달아 팔리지 않는다
어느 출판사 사장의 말이다

봄이 와 뾰족뾰족 싹이 트고
무더기 무더기 저희들끼리 모여서
꽃을 피우는 양지꽃 봄맞이 별꽃
지구 어딘가에서 숨 쉬고 있는
고운 시인들이 피워 올리는
또 하나의 신간시집들이다.

(2014. 2. 26)

조그만 시인

어려서 다만 나는 한심한 아이, 만만한 아이였다. 동네 아이들 누구도 함부로 이름 불렀고 함부로 심부름 시켰고 함부로 따돌렸다. 동네에서도 가장 높은 곳에 있다 해서 꼬작집이라 불리던 오두막집에서 젊은 외할머니랑 사는 키 작은 사내아이. 아무도 돌봐주는 사람이 없었다. 매맞는 날도 있었는데 그런 날이면 외할머니 나를 때린 아이네 집에 찾아가서 따지기도 하고 하소연하기도 했다. 별명도 여러 가지였다. 성씨가나가라 해서 날타리라 불렀고 머리가 커서 대갈장군, 4학년 분수를 배운 뒤로는 아이들 나를 가분수라 놀렸다. 그렇다면 이렇게 만만한 아이, 한심한 아이, 보잘것없는 아이한테 하늘은 아무런 축복도 없었을 것인가. 그냥 내려다보고만 있었을 것인가. 아니다. 하늘은 나에게 생각하는 마음을 주었고 오늘보다 내일을 꿈꾸고 먼 것을 그리워하는 마음을 주었다. 혼자서 책 읽고 혼자서 그림 그리는 외로움을 주었고, 특히 사람을 좋아할 줄 아는 능력을 선물했다. 그래서 끝내 나는 조그만 시인이 될 수 있었다. 오늘날 길가에 보도블록 사이에 버려진 채 피어 있는 저 풀꽃들을 본다. 아무도 들어주지 않는 산골의 물소리, 새소리를 듣는다. 그들에게 하늘의 축복은 없을 것인가. 아니다. 그들에게도 응분의 축복과 보살핌과 사랑은 있을 것이다. 그러므로 너무 그들을 안쓰럽게

여길 것까지는 없다. 그들도 오늘 그들 목숨의 최상을 살고 갈 뿐이다.
그들도 나처럼 이 땅에 나와 조그만 시인으로 살고 있는 것이다.

(2014. 9. 17)

시인은

시인은 때로 짐승의 편이고
나무와 풀꽃들의 편인 사람
어찌 사람이 기를 쓰고
사람이려고만 그럴까⋯⋯

시인은 바람이 되어
흔들리기도 하고
구름이 되어
흐르기도 할 줄 아는 사람

새들이나 풀벌레들의 이웃이 되어
우는 것은 마땅한 일
메이저보다 시인은
마이너이기를 자처하고

높은음자리표로만
노래하는 것이 아니라
낮은음자리표로도
노래할 줄 아는 사람.

(2014. 9. 11)

울면서 쓰고 싶다

맨 처음 나에게
한 사람의 독자가 있었다
어머니였다
어머니를 위해서 시를 썼다

그다음엔 좋아하는
여자를 위해서 시를 썼다
한 번도 아니고 여러 차례
그렇게 했다
나중에는 아내를 위해서
쓰기도 했다

지금도 나는
한 사람의 독자를 그리워하며
시를 쓰고 싶다
어디에 있을지도 모르는
당신을 위해서 시를 쓰고 싶다

울면서 쓰고 싶다.

(2014. 6. 27)

시인의 얼굴

늙은 시인의 얼굴이 편하고 좋다
늙은 얼굴 가운데서도
세상 뜨기 얼마 전의
얼굴이 더욱 좋다

풍화된 바위 같은 통나무 같은……

그 얼굴 몇 점 남기려고 시인은
그 고생으로 시에 매달리고 울며
세상 한 귀퉁이 견뎠던 것이다.

(2014. 8. 15)

겨울밤

살아 있는 시인들의 시가
너무 가볍다
언필칭 대가들의 시
인기시인들의 시가
더욱 그렇다
가끔은 시집을 들어 올려
방바닥에 패대기친다
쾅!

(2014. 7. 14)

시인들 나라 · 1

시인들 초상화 전시회에 가본 적이 있다
한두 점이 아니라 아주 많은 시인들 얼굴을
그려서 전시해놓고 있었다
젊은 나이로 세상을 뜬 시인, 중년의 나이까지 산 시인
노인이 되도록 살다 간 시인들……

젊은 나이에 세상을 뜬 시인은
향기롭고 서슬 푸른 얼굴이어서 좋고
중년의 나이까지 산 시인은 풋풋하고 넉넉해서 좋고
노인이 되도록 살다 간 시인은
곰삭을 대로 곰삭고 깊은 맛이 있어서 좋았다

문제는 노인의 나이까지 살다 간 시인 가운데
젊은 나이 때나 중년의 나이 때 얼굴을
그려놓은 초상화였다
무언가 모자란 듯한 얼굴이었고
저런 얼굴이 아닌데 싶은 생각이 지배적이었다
완성을 향해서 가고 있는 도중에 있는 그야말로
어정쩡한 표정이 들어있었다

역시 시인의 얼굴은 늙을 대로 늙어버린 얼굴이 좋았다
어쨌든 시인들은 쪼글쪼글 말라버린 고구마나 씨감자처럼
늙을 대로 늙을 때까지 살아놓고 볼 일이다
신다가 버릴 때가 되어가는 가죽구두처럼
오래 입어 해진 속내의 같은 그런 얼굴이 될 때까지 말이다.

(2008. 12. 29)

시인들 나라 · 2

일찍부터 그랬다 하나의 병이었다
또래가 좋은 시집을 내거나 상을 타면 배가 아프고
밤에 잠자리까지 불편한 고질병
오락가락 꿈도 이상한 꿈을 꾸곤 했다

젊었을 때는 문학지에서 또래가 좋은 시 한 편
발표하는 것만 보아도 쩌르르,
가슴에 감전이 오는 듯 저려오곤 했다
그렇게 살면서 나이를 먹고 이 모양으로 늙어버렸다

이 부질없는 일 부질없는 근심과 걱정
이쯤에서 헤어나고 싶다
얼마 전 선생이란 이름은 벗어버렸지만
시인이란 이름도 벗어던져야 할 허깨비다

시인이란 이름을 벗어서 길바닥에 팽개치긴 좀 뭣하고
누구에겐가 주어야 할 텐데 누구에게 준다?
나무에게 줄까 바람에게 줄까 흰 구름에게 줄까
패랭이꽃한테 민들레꽃한테 맡길까

아무래도 새들한테 주는 게 가장 모양새가 좋을 듯싶다
새들한테 준다면 꾀꼬리? 뻐꾸기? 비둘기? 물총새? 도요새?
그렇다면 나는 어떤 종류의 새였을까

또 그 짓이다, 그 짓! 도루아미타불이 되고 말았다
아, 이것도 끝내는 그만두어버리자
나는 참 어쩔 수 없는 얼치기 인간인 모양.

(2008. 12. 29)

시인들 나라 · 3

서울 같은 데는 올라와 살 생각 말 것,
이것은 신춘문예 당선 인사 차
원효로 좁은 골목길 돌아서 갔을 때
박목월 선생이 들려준 잔소리

앞으로 산문 같은 것은 쓰지 말 것,
이것은 서대문구 충정로 삐걱대는
나무 계단 올라 이층 현대시학사 찾았을 때
전봉건 선생이 들려준 잔소리

가능한 대로 유명한 사람이 되지 말 것,
이것은 또 설날을 맞아 어쩌다가
동선동 한옥집의 거리 세배하러 갔을 때
김구용 선생이 들려준 잔소리

너는 말야 머리가 좋은 게 아닌데
노력해서 그만큼이나마 하는겨
이것은 어려서부터 나한테 제일 많이
잔소리를 들려준 외할머니의 말씀

그 잔소리들이
참말이었다는 걸 알게 된 것은
잔소리의 주인공들보다도
내가 더 나이를 많이 먹고 난 뒤였지

대부분의 잔소리들 내용대로
살지 못했다는 걸 알고 난 다음이었지
아이들의 바람개비 하루 종일
저 혼자 돌아가듯이 말야.

(2009. 1. 7)

시인들 나라 · 4

괜찮은 시인, 서정주와 박목월을
욕하는 사람들이 있었다
숨어서 오랫동안 그 시인들을
혼자서 좋아했던 사람들이다
얼마 뒤에 보니 그들이 서툴게
서정주와 박목월 흉내를 내고 있었다
더러는 시인 정지용을
헐뜯는 축들도 있었다
뒷북치는 인간들이다.

(2008. 10. 11)

시인 · 13

주름이 많은 애벌레

주름마다 슬픔과
외로움이 새겨져 있다.

(2015. 5. 5)

시집에 사인

하늘 아래
첫 사람을 위하여

세상 끝 날까지
변함없을 사람을 위하여

땅 위에서 오직
한 사람만을 위하여.

(2015. 2. 14)

예비시인

살았을 때는 어떠한 시인도
아직은 시인이 아니다

목숨이 다했을 때
관 뚜껑을 덮을 때 비로소
그는 한 사람 시인이 된다

어디까지나 살아있는 시인은
시인이 되려는 예비시인
시인 견습생일 뿐.

(2015. 2. 7)

한들한들

초등학교 4학년 때 담임했던 여자아이다. 어려서부터 탁월했다. 공부를 잘 했고 글을 잘 썼으며 성격이 야무지고 피아노를 잘 쳤다. 자라서 무어든 한 가지 잘 해내는 사람이 되려니 기대를 모았다.

그러나 나중에 친구 아이들한테 들으니 아니었다. 피아노를 잘 쳤지만 피아니스트가 된 것도 아니고 좋은 대학에서 영문학을 전공했지만 영문학자가 된 것도 아니고 글을 잘 썼지만 글 쓰는 사람이 되지도 않았다 한다.

다만 잡지사 기자가 되어 잠시 다니다가 좋은 남자 만나 결혼하고 나서 직장을 그만두고 그냥 아줌마로 눌러앉았다는 것이다. 아깝다. 왜 그 애는 그렇게 살까?

친구들 말로는 가끔 좋아하는 가게에 나가 손님들 앞에 피아노도 쳐주면서 한들한들 아무 불평 없이 그냥 아줌마로 잘 산다고 그랬다. 한들한들! 누군가의 삶이기도 하고 누군가의 삶이 아니기도 한 한들한들!

유독 그 '한들한들'이란 말이 오래 뒤에 남았다. 왜 나는 그 애처럼 한들한들 살지 못했을까? 몇 줄짜리 시를 쓰고서도 꼬박꼬박 이름 석 자, 끼워 넣어 세상에 날려 보내며 50년을 고역으로 버텼을까!

늦었지만 나도 초등학교 4학년 담임했던 여자 제자 아이가 피우고 있다는 그 한들한들이라는 꽃 한 송이를 따라서 피워보고 싶은 것이다.

(2015. 1. 5)

어린 시인에게

너를 사랑한다
너를 사랑함으로
네가 여기보다 더 좋아하는 곳으로
홀로 떠남을 허락한다

더욱 너를 사랑한다
더욱 너를 사랑함으로
네가 나보다 더 사랑하는 사람들과
더불어 살아감을 기뻐한다

한 가지 부탁은 나 없는 하늘
땅 위에서 살면서
가끔은 나도 기억해 달라는 것!

밤하늘을 우러를 때 거기
눈물 어린 별 하나 있거든
아직도 너를 사랑하는
내 마음이거니 짐작해 다오.

(2015. 2. 10)

연어

불행하게도 나는
살아 있는 연어를 보고 말았다

오직 죽기만을 일념으로
몸 빛깔을 바꾸고
주둥이 모양까지 바꾸고
먹기를 거부하면서
상처투성이로
고향의 물로 돌아온 연어를
만나고 말았다

무엇이 저들을 한사코
고향의 물로 돌아오게 하고
결연하게 하고
끝내 거기서 죽도록 하는가?

물은 차갑고도 맑았다

그러나 내 가슴은 아직도 충분히 뜨겁고

나의 피는 혼탁할 뿐이다

나의 시 나의 사랑은 숭고함이나

희생과는 거리가 멀다

오직 이기적인 목숨과 사랑

그리고 나의 시

차라리 연어의 회향의

확인하지 않았으면 좋았을 그랬다

이제 와서 나의 시가 맑고

향기로운 시라고 우기기는 어렵게 됐다

연어 회를 편안한 맘으로

먹기 또한 틀렸다

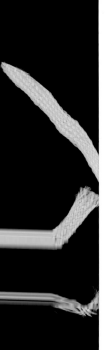

불행하게도 나는 비행기 타고
태평양 건너 캐나다의 개울가에서
언어, 그 눈물겨운 물고기들을
만나고야 말았다.

(2013. 8. 27)

시인·14

죽었지만 여전히
살아서 숨 쉬고 있는 사람이 있다
살았지만 죽은 사람만도
못한 사람이 있다
죽었으나 살았으나
별로 구별이 되지 않는 사람이 있다

첫 번째 사람이 시인이다.

(2015. 6. 7)

풀잎과 나무

시인은 풀잎
더러는 나무
될수록 부드럽게 공손히
기다리고 있으면
이슬이 와서 맺히고
바람이 와서
흔들어준다

네 앞에서는
나도 풀잎
아니면 나무
두 손 모아 고요히
기다리고 있으면
네가 이슬로
나의 풀잎에 맺히고
바람 되어 나의 나무를
흔들어준다

나예요

나라니까요…….

(2015. 11. 22)

꽃씨

나의 시는 세상에 뿌리는
나의 꽃씨

뿌리고 뿌려도
바닥나지 않는 꽃씨

누가 꽃씨를 내 손아귀에
쥐어주는 것일까?

그것도 모르면서 나는
꽃씨를 뿌리는 아이

다만 죽는 날까지 그 꽃씨
바닥나지 않기를 바랄 뿐이다.

(2015. 9. 17)

이기주의자

손녀아이가 떠난 집은
텅 빈 집과 같습니다
또래 시인의 엽서 문구가
가슴을 친다

왜 그 시인의 집은
잠시나마 손녀아이한테
점령당하는 집이 되었던 것일까?

나는 우리 집을
다른 사람으로는 채우지 않는다
나로 채우고 남는 부분이 있다면
아내로 채운다

우리 집은 다른 사람들이 찾아오면

오히려 불편한 집

과연 나는 이기주의자인가?

(2015. 8. 31)

시인 무덤

날마다 쓰는 시가
그대로 무덤인데
무슨 무덤을 또
남긴단 말이냐!

(2015. 12. 9)

시집을 묶으며

시집 한 권 한 권이
한 사람씩 일평생인데
열 권 스무 권 시집을 쌓아놓고
끈으로 묶는다

방을 옮기거나 이사를 할 때
늘 하던 이 짓
이 짓도 이제는 지쳐
시집 묶는 마음이 꼭
송장을 줄을 세워 묶는 것 같다.

(2016. 4. 26)

3부   시인을 위하여

전라행
− 이준관 시인을 찾아 정읍에 가다

장항에서 배를 타고 군산,
군산에서 시외버스로 달리는
만경들판

논귀마다 개구리 울음 글썽,
밀리는 봄 물결 철렁

친구를 만나러 가는 길이다,
자갈돌 새로 깐 신작로에
이마를 부비는 사춘기의 햇살

눈이 부셔 배실배실 토라지는
열여섯 열일곱
그 또래의 계집애들

열어 논 차창으로 밀려 들어온다,

후끈 물비린내

아, 전라도 내음새.

(1972. 6. 3)

서울에의 사신

– 김용직 시인*에게

김 형!

풀도 없는 땅에서 꽃을 피우려고

애쓰다 그만 대머리가 다 되어가는 김 형!

오늘 밤은 마당에 멍석 내어다 깔고 하늘로 누워

도란도란 익어가는 별들의 이야길 듣다가

김 형을 문득 생각해보았오

그 많은 별들 중에서 제일 조용히 빛나는

별 하나를 골라

그게 김 형이라 생각해보았오

작년이던가 초가을

김 형이 맨 처음 나를 찾아주던 일이 생각나오

시골 사람은 잊고 지내던 냇물에서

피라미 새끼를 찾아내어

그렇게 좋아하던 김 형

으스렁 달밤에 둘이 논두렁길 걷다가

냅다 논바닥에 오줌 내갈기며

서울서는 저렇게 선명하고도 고운 별을
볼 수 없다고
그게 서울 살며 제일 섭섭한 일이라고
말하던 김 형

고랫재 냄새 자욱한 주막집 골방에서
두 홉들이 백화소주 한 병을 그렇게 달게 자시던 김 형.
다음날 아침 서울로 가며
땡감을 씹은 아이처럼 갑자기
낯선 얼굴이 되어 인사하며 돌아서던 김 형

이제 가을이 되면 산에는
서울 여자들같이 이쁘고도 서러운 단풍이 들 게고
서울 여자들의 가슴같이 잘 익은
개암이며 산밤들이 송이 벌 거요

김 형

생각나거든 부디

장항행 급행열차 서울서 타고

저승과 이승의 강물을 건너듯 깜박

새까만 밤을 지나 등잔불 다시 키어지고

모깃불 사그라지는 여기 나의 시골

찾아주시오

찾아와 고단한 날개 쉬었다 가시오.

(1974. 10)

*김용직 시인 : 1971년 『현대시학』 추천으로 데뷔한 시인. 김 시인이 시골 나의 집
으로 찾아온 적이 있다. 그때 나는 그에게 서울로 가는 기차표 값조차 드리지 못
한 것이 지금도 미안한 마음이다.

가랑잎 잔

가랑잎에
술 따라 마시네,

가랑잎에
이슬 받아 마시네,

노을에 기대 선
머언 실루엣

시인
박용래.

(1976. 6. 8)

후신

– 허영자 시인

무릇 현철한 여자란

그가 가진 가슴속 살향기와 따스함과 지혜로써

살맞은 산짐승인 양 무잡한 사내들을 길들이나니,

천천히 천천히 길들이나니,

호령보다는 낮은 속삭임으로

교태보다는 맑은 눈빛으로

세상의 모든 사내들을 홀리나니,

홀리나니……

시인이시여

신라의 한낮 찬란한 모란꽃이었던

선덕의 후신인 시인이시여

내 당신 앞 지귀 되어 무릎 꿇으리이까!

당신의 황금 팔찌를 탐하리이까!

오로지 영롱하고 맑은 시로써 당신은
세상의 모든 사내들의 연인이 됩소서
술 취해 계집질하고 나오는
낯 뜨거운 사내들의 이마 위에도
새벽별 되어 뜹소서.

(1978. 5. 26)

박용래

술

술은 마음의 울타리
술 속에 작은 길이 있어
그 길을 따라가 보면
조약돌이 드러난 개울
개울 건너 골담초 수풀
골담초 수풀 속에 푸슥푸슥
나는 동박새
스치는 까까머리 아기 스님 먹물 옷깃
누가 마음의 울타리를 흔드는가
누가 마음의 설렁줄을 당기는가.

강경

안개비 뿌옇게 흐려진 창가에 붙어서서
종일 두고 손가락 끝으로 쓰는 이름
진한 잉크빛 번진 서양 제비꽃, 팬지
입술이 갈라진, 가슴이 너울대는.

오류동

방안에 들였어도 퍼렇게 얼어죽은 삼동의 협죽도

쇠죽가마 왕겨불로 달군 방바닥은 등을 지져도

외풍이 세어서 휘는 촛불꼬리

들리지도 않는 부뚜막의 겨울 귀뚜라미 소리

찔찔찔찔 들린다 해서 잠들지 못하는

초로의 시인

윗목에 얼어죽은 제주도의 협죽도가

함께 불면증을 앓고 있었다

대전시 교외 오류동

삼동의 삼경, 귀를 세우고.

(1979. 4. 9)

지워지지 않는 그림

– 유안진 시인님

시인협회 세미나 제법이나 오래전에
갑사에서 열렸던가 70년대 중반 무렵
그분을 처음 뵌 것이 그때였지 싶어요

절 추녀 흘림 아래 오롯이 혼자 서서
먼 하늘 바라보던 연둣빛 블라우스
고우신 아낙네 시인 저이구나 짐작했죠

한 줄기 바람에도 하르르 떨리우고
한 소절 풍경風磬에도 뎅그렁 부서질 듯
소나무 소나무 아래 솔난초꽃 한 송이

많은 날 흘러가도 지워지지 않는 그림
기억의 깊은 수풀 숨겨둔 채 혼자 보며
앞으로 수많은 날들 곱다라이 살고파.

(2006. 1. 5)

만나러 가자

주머니에 용돈이 좀 있거든
대전시 오류동 17번지의 15
박용래朴龍來 시인
만나러 가자

쇠주 한 병
삶은 돼지고기 한 접시
그리고 거북선이나 한 갑 사들고
대전시 변두리
대문간에 감나무 서 있는 집
빗물 스쳐 부식된
철대문 기다리는 집
숨어 사는 계룡산 콩새
만나러 가자

조금은 서러운 듯

조금은 매연에 끄슬린 듯

우리들의 잃어버린 옛

시의 날개를 찾으러 가자.

(1980. 3. 13)

그런 정도를 가지고

외할머니가 돌아가셨을 때
나는 울었다,
외갓집이 없어졌다고

처가 식구들이 대전 근교로 이사갔을 때도
나는 울었다,
처갓집이 없어졌다고

아버지 어머니가 서울로 거처를 옮기셨을 때도
나는 속으로 울었다,
고향집이 없어졌다고

그런 정도를 가지고 뭘 그러느냐고
우리는 이북에서 내려와서도
울지 않는다고
전봉건全鳳健 선생이 김종삼金宗三 선생이
때로는 구상具常 선생이 그때마다
나무라듯 말하는 것 같았다.

(1984. 6. 24)

비애집 · 6

병원에 있는 아내 퇴원하면
가을이라도 맑은 가을날,
땅 위의 모든 사람과 모든 살아 있는 것들의
영혼의 그림자까지도 비칠 것 같은
가을 하늘 아래에서의 맑은 날,

새 신발 사서 신기고
새 옷 사서 입히고
꽃이라도 한 아름 예쁜 꽃으로 사서 안겨서
전라도라 전주 땅, 풍남문 근처
비빔밥과 콩나물국밥으로 이름난 한일관
남도 제일의 새 입맛 찾아
비빔밥이나 콩나물국밥 한 그릇
사서 먹고 돌아오리

강원도라 대관령 아흔아홉 굽이

돌고 돌아 이성선李聖善 시인이 사는 속초 땅

나 혼자만 보고 와 미안했던

맑고 푸른 동해 물결 보여주리

오징어 비린내 바다 비린내 사람 비린내

허옇게 이빨 드러내놓고 속살 드러내놓고

허옇게 웃는 파도 소리 물소리 모래 소리 들려주리

오는 길에 단풍에 물든 한계령

못 보고 죽으면 원통하다는 원통골의

이승의 수풀 아닌 것 같은 수풀들 보여주리.

(1982. 9. 22)

시인 임강빈

충청도를 선비의 고장이라 쳐준다면
누구보다 내세울 분이 있으니 시인 임강빈
사시는 것도 그윽하게 문학하시는 것도 그윽하게
평생을 먹을 갈고 붓을 다듬고 계시는 이.

(1983)

정상
- 이성선 시인에게

누구나 일생에 한번은 정상에 서기 마련,
그러나 정상에선 가던 길을 잃게 된다
하늘까지는 길이 나 있지 않기 때문,
거기서부터 그는 허공을 쪼아 계단을 놓아야 한다.

(1981. 9. 6)

그리움

– 강신용 시인

햇빛이 너무 좋아
혼자 왔다 혼자
돌아갑니다.

(1990. 5. 17)

지훈 선생 생각

꽃이 피는 아침은
혼자서라도 울고 싶습니다
지훈 선생님.

(1990. 4. 8)

국산품끼리

아시안 게임의 일환으로
아시아 시인회의가 있다 해서
촌놈이 모처럼 큰맘 먹고
서울 나들이 가 보았더니
외국 시인들만 알아주고
국내 시인들은 거들떠보지도 않더라
내 차지로 온 서류봉투 속에
기념품이 들어 있지 않기에
그걸 하나 달라고
집행부의 아가씨에게 사정했더니
외국 시인들 줘야 된다며
코로 등 대더라
외국 시인들 되게들 좋아하시네
옆에서 보고 있던
변호사 시인 김동현이
국산품끼리 왜 이리 괄시합니까?
호통쳐 보았지만 소용없더라

생각해 보니 국산품끼리
두고두고 아니꼽고 창피하더라.

(1986. 9. 30)

돌담장길

– 한기팔 시인에게

1

헌칠하게 뚫린 길이 아니라

돌담장길

허물어지기도 하고

삐뚤어지기도 한 돌담장길

걷고 싶었네

신식으로 지어진 멋들어진

빌딩이나 호텔이 아니라

예전 그대로 시골집

사람들 한숨 소리 스미고

눈물 번진 추녀 밑

잠시 서 있고 싶었네

그 길을 걸으며

추녀 밑에 서서

구름을 보며 하늘을 보며

소중한 사람 생각 떠올리고 나서

기도라도 한 구절

하늘과 구름의 꼬리에

달아주고 싶었네

할 수만 있다면

제주도에서 오래 살아온 사람

늙도록 시를 쓰며 살아온 사람 하나 만나

그 집에 가

제주도 음식이라도 한번 얻어먹으며

제주도 사람들의 살아가는 이야기

듣고 싶었네.

2

그러나 그러지 못했네

언제건 다시금 찾아와 한 번은

그래보리라 꿈꾸어보았지만

그거야 나로서는 이루어보기 어려운 소망

어느 좋은 세월 있기에 나에게

그런 꿈 같은 날이 허락되리야

다만 마음만 두고 가는 것이지

느낌만 남기고 가는 것이지.

(1992. 6. 26)

시인 문충성

제주도에 사는 사람은

앓지도 않는 줄 알았지

늙지도 않는 줄 알았지

이 좋은 자연 풍광을 두고

햇빛과 바람과 나무들 두고

제주도에 사는 사람은

속상한 일도 없고

답답한 일도 없는 줄 알았지

내 제주에 건너가 맨 처음 만난

제주도 토박이 시인 문충성文忠誠

제주바다를 지키고

한라산을 지키고

제주도 전설을 지키고 제주도

역사를 지키는

가장 제주도다운 제주도 시인 문충성

그러나 문충성 시인은 초면인 나더러

제주도에 살기 답답하다 그랬다

억울하다 그랬다

차라리 먹물통인 서울로나 가

함께 먹물통이 되어 살아가는 편이

속 편할 거라 그랬다

제주도가 망가져 가고 있다ㄱ

어떤 것이 정말로 제주도다운 것인가를

모르겠다고

제주도의 정신이 병들고 있다고

외지인들이 와서 판치는 것이 제주도고

한밑천 잡아 가지고 미련 없이 떠나는 곳이

제주도냐고

밤이 깊은 줄도 모르고

그는 열변을 쏟아놓고 있었다

어디서고 제 나서 자란 터전에서

사람다운 사람 노릇하며 살아가는 일이

이리도 어려운 것인가

제주도 사람의 슬픔과 외로움과 답답함과 억울함을

육지 사람들이 어찌 짐작이나 하겠느냐고

그래서 더욱 외롭고 쓸쓸하다고

초로의 시인이 밤하늘을 우러러보며

탄식하고 있을 때

밤하늘의 별빛이 우리를 내려다보고 있었다

협죽도며 석류꽃을 스쳐 온

향기로운 바람이 부드럽게 부드럽게

우리를 감싸 안아주고 있었다.

(1992. 6. 26)

형님, 우리 다시 만납시다

– 조용남 시인

8·1호텔 회의장
가득 메운 청중을 헤치고
앞으로 나오는 하얀색 노타이 차림의
초로 신사
망가진 이마 성글한 머리칸
어디서 많이 본 듯한 얼굴

'조용남 시인'이라 쓰여진 명함을 건네며
나의 시집 『아버지를 찾습니다』를
읽은 적이 있다 그런다

사범학교를 나와 중학교 조선어 선생을 하다가
문화혁명 당시 정치적 우파로 몰려
집단농장으로 하방되는 고초도 겪었다는,
그러나 거기서 조만치 않은(만만치 않은, 보통이 아닌)
한 처녀를 만나 사랑하게 되었고
지금은 연변인민출판사 '아리랑' 잡지
시 편집인으로 일하고 있다는 그

나보다 훨씬 연상이면서
아우 같은 사람 앞에서 말조심을 하고 수줍어하는
연변의 서정시인 조용남
돌아와 혼자 손을 쥐어보면
아직도 손바닥에 남아 있을 듯한
두툼한 손아귀의 감촉
뭉클한 손아귀의 힘

형님, 살아서 한 번
우리 다시 만납시다.

(1996. 7. 21)

시인은 죽어서도 살아

– 용정중학, 그리고 윤동주

시인은 죽어서도 살아

시는 시인 없는 세상에서도

더욱 푸르게 자란다

대한민국 땅 따뜻한 남쪽나라

마음이 더욱 따뜻한 사람들

이곳 용정에서 태어나고 자란

한 시인을 사랑해

시인이 눈물어린 눈으로 우러렀을 별들

멀리 와 다시 우럴다.

(1995. 7. 22)

그립네

– 조오현 큰스님

눈 온다 눈이 온다 처녀애들 속살대고
나무 나무 흰 옷 입고 언덕 위에 마주선 날
가늘은 오솔길 하나 멀리멀리 열리네

그 길로 조촘조촘 따라서 가다보면
강원도라 내설악 서러워라 자궁 속
웅크린 조그만 암자 옛 백담사百潭寺 있으리

나 당신 좋아하오 언제 한 번 오시구려
나직나직 던지지만 이맛전 후려치던
노스님 뜨거운 음성 다시 한 번 그립네.

(2004. 12. 23)

전봉건 생각

배꽃이 흐드러진 통천포
복숭아꽃이 흐드러진 통천포
사과꽃은 아직 일러 피지 않았는데
통천포 옆을 지나면서
시인 전봉건 생각이 났다
자연이 아름다우면
사람을 홀린다는데
자연이 너무 아름다워서였을까?
얼추 취할 만큼 마신
막걸리 탓이었을까?
북쪽에 고향을 두고 내려온 전봉건
북에서도 남에서도
전봉건일 뿐인 전봉건
통천포를 감돌아 흐르는
강물 탓이었을까?
그가 말년에 앓고 있던
신병 때문이었을까?

나는 그저 명치 끝이 아파왔다
목숨은 한 번뿐인데
한 번뿐인 목숨을
시를 위해 바쳤는데.

(1985. 4. 25)

호수 혹은 자작나무

- 김남조 선생

커다랗게

열렸다

닫혔다 하는

맑은 물

두 채의 호수

바라보고 있노라면

몸뚱이째

호수 속으로

빨려 들어갈 듯

나는
두 다리 앙바투어 선
한 마리 검정염소

퍼뜩
만주자작나무 새하얀
밑둥을 본다.

(1996. 8. 12)

세상엔 유월이 와

- 전봉건 선생 영전에

세상엔 다시 유월이 와

찔레꽃 덤불 하얗게 피었는데

풀잎의 언덕 너머 흰 구름 하얗게 솟아오르는데

어느 세상 가면 어느 아름다운 별나라 가면

다시 뵈올 수 있을 건지……

나직한 그 목소리

조용한 그 미소

넉넉한 마음씨

아, 가슴에 와 화살 되어 머무는

그윽한 눈빛

어느 나라 가면 어느 아름다운 별나라 가면

다시 뵈올 수 있을 건지……

총소리에 멍들고

초연에 그슬린 몸 이끌고

따뜻한 남쪽

자유와 사랑의 땅을 찾아와

밤마다 어둔 밤마다

남들 보지 못하는 조그만 창문

북으로 북으로만 열고

보이지 않는 북쪽 하늘 바라보시더니

누가 있어 그 창문 닫아 드릴 건지……

세상은 저러이 푸르기만 한데

바람은 또 저러이 싱그럽기만 한데.

(1988. 6. 13)

윤효 시인

나무라 부를까요
푸르러 산을 이룬

풀꽃이라 말할까요
어여삐 웃음을 문

사람도 더러는 그리
보일 때 있답니다.

(2006. 5. 19)

앓는다는 소식 듣고

– 이해인 수녀님

세상사람 힘든 얘기 괴롭고 서러운 말
들어주고 달래주고 이웃하여 울다가
이해인 우리 수녀님 지쳐서 누우셨나?

어서 어서 일어나 예전처럼 웃으며
강의하고 노래하고 글도 쓰고 사십사
천주님 뵈온 적 없는 천주님께 빕니다

이천년 오늘에도 살아계신 그리스도
피 흘리신 그 손길로 어루만져 위로하사
우리의 크라우디아 수녀님을 돌보소서.

(2008. 7. 25)

한 사람이 그립다
– 함석헌 선생의 「한 사람을 가졌는가」 어투를 빌어

혼자서 쓸쓸한 날
저절로 떠오르는 사람
다정스레 웃는 얼굴
내게 있는가?

할 일 없어 시내에 나가
차나 한 잔 마셔야지 생각하며
버스에 올랐을 때 절로 입술에 붙는 이름
내게 있는가?

많은 사람 아니다

더더욱 많은 이름 아니다

오직 한 사람, 한 사람의 이름이

오늘 나는 매우 그리운 것이다.

(2005. 8. 24)

_ 교직의 동료 조동수 교장에게 보낸 시.

하늘전화

올해 새로 돋은 대수풀 어름에서
대수풀 서그럭거리는 소리로
전화를 건다

성선 형*, 하늘나라에서 요즘
시 쓰지 못해 어떻게 지내느냐고
여기는 벌써 가을이 와 감나무에
낙엽이 지고 감알들 홍옥紅玉으로 익었노라고

올해 새로 자라나 하늘 나는 새 새끼들
새 새끼들 지절거리는 소리로
대답해 온다

태주 형, 여기서는 그 골치 아픈 시 같은 건

쓰지 않아도 날마다가 잔칫날이라고

별들 반짝이며 뛰어노는 것

바라보는 것만으로도 하루해가 짧고 짧다고

— 오늘 저녁 서쪽 하늘 노을빛

더욱 붉고도 곱겠네.

(2001. 10. 24)

*성선 형 : 2001년 타계한 이성선 시인.

윤동주

우리들 마음속에

더는 나이를 먹지 않는 한 청년이 살고 있습니다

우리들 영혼 속에

더는 변하지 않는 한 권의 시집이 숨 쉬고 있습니다

금방 감아서 물기도 채 마르지 않은 검은 머리칼

상큼한 비누 냄새가 나는 것 같기도 하고

이슬 내린 풀밭 풀꽃 향기가

어른거리기도 합니다

그 시인은 남의 나라 땅

슬프고 외롭고 추운 별이 되어

떠돌다가 하늘로 간

불행한 시인이었습니다

그러나 그 시인과 그 시인의 시집으로 하여 우리는
오래 행복할 수 있었습니다
앞으로 더욱 오래 행복할 수 있을 겁니다

이제금 우리들 마음의 하늘에 그 시인은
지지 않는 빛나는 별이 되었습니다.

(2005. 9. 7)

일갈

― 김규동 선생

장대비 내리는 초여름 저녁나절
지팡이에 몸을 의지하고
팔십 넘은 남자 노인 한 분
행사장에 참석했다

먹을 것 제대로 얻어먹지 못해
자라지 못한 소년처럼 노인은
왜소한 몸을 사람들 틈에 숨기고
조용히 앉아 있었다

사회자가 이름을 부르자 노인은
비척거리는 걸음으로 단상에 올라
마이크 대를 붙잡고 서서
일갈을 놓았다

요즘 시인들은 너무 흥청거립니다
시도 조심스럽게 조금씩 아껴가면서 쓰고
시집도 아껴가면서 내야 합니다
목소리만은 청년의 그것처럼 우렁찼다

그 노인이 진짜 시인인 것을
참석한 사람들 가운데
알아보는 이가 별로 많지 않았다.

(2006. 6. 10)

173

이 사람이 이런 사람이었나

- 이준관 시인

아직도 한 번도 오염되어본 일 없는
맑고도 고요한 조그만 한 시냇물이다

도란도란 물소리도 들릴 듯 말 듯
버들치, 납줄갱이, 각시붕어, 모래무지 같은 이름들
물줄기 거슬러 물풀 사이 헤엄쳐 오르락내리락

이 환하게 맑게 열린 비단의
백제의 하늘!

나만 혼자 늙은이로 변해버리고 그는 아직
어린아이 그대로 남아있음이여……
저 앞 이빨 있는 그대로 다 드러내놓고 웃음 웃는
소 웃음의 사람을 좀 보아주세요.

(2007. 6. 9)

울면서 매달리다

― 손기섭 시인

젊어서 한창때는 대학병원 원장님
새로 만든 로즈터널 꽃 그늘 환한 길을
둘이서 웃음 머금고 걷기도 했었지요

그 뒤로 몇 차렌가 식구들 아팠을 때
여러 번 찾아뵙고 도움을 청했으니
염치도 불구했어라 늙지 않는 인술仁術이여

이제 또 나이 들어 교직정년 맞을 무렵
걸려도 되게 걸려 돌부리 쓰러지고
도움을 받을 곳 없어 울면서 매달리다.

(2007. 5. 31)

아! 어머니

무작정 상경 길에 오른 시골 아이들처럼 석 달 동안 입원해 있던 대전의 병원에서 가퇴원 신청하고 짐 빼 가지고 이른 아침부터 앰뷸런스를 몰아 서울아산병원에 와 겨우 담당 의사를 만나긴 했지만 입원할 방이 없다 하여 응급실을 기웃대다가 끝내는 맞던 주사라도 계속 맞아야 되지 않겠나 싶어 이웃의 작은 병원으로 향하는 차 안에서 잠시 김남조 선생을 떠올리기도 했다. 이런 때 선생이라면 어떻게 도와주시지 않을까 싶어서였다. 백방으로 뛰어다닌 끝에 아들아이가 겨우 침대 한 칸을 얻어 거기 널브러졌을 때 첫 번째로 전화주신 분이 김남조 선생이셨다. 아침부터 어쩐지 느낌이 이상하여 전화를 하셨다는 것이다. 아! 어머니.

(2007. 5. 28)

176

감동

공주영상대학 양애경 교수

(나로서는 10년, 20년, 30년 지기)

나이 오십 줄에도 수녀의 혼을 잃지 않고 사는 처녀시인

어느 날 보니 파랑색 패랭이꽃 새겨진

진솔옷 원피스 차림이었다

그 옷, 어머니가 만들어주신 옷이라 그랬다

팔십 넘으신 모친이 아직도 가위질하고 재봉틀 돌려

오십 살 된 여식의 꼬까옷을 지어 입히다니!

아름다운 지고 눈물 나는 세상이여

들판 가득 파랑색 입술 벌렁대는 패랭이꽃

바람에 나부끼고 있었다

사랑이여, 그대 이제 돌아오지 않아도 좋다.

(2008. 9. 21)

전봉건 선생

차림이며 입성이 깔끔했다

얼굴은 생전보다도 더 젊고 좋아보였다

아직도 북쪽 고향으로 돌아가지는 못한 듯했다

어디서 말똥 냄새가 조금 나는 듯했다

선생님, 제 꿈속일망정 가끔

그렇게 놀러 오십시오.

(2009. 1. 22)

우정

– 민영 선생

반듯한 사각봉투 모서리 뜯어내자
하르르 흩어지는 홍매화 꽃잎 꽃잎
옹이진 조선소나무 솔 그림자 사이로.

(1997. 3. 30)

혼자서도

– 구상 선생을 생각하며

저기 좀 보아
미루나무 높은 가지 야들야들
연둣빛 미루나무 이파리

바람이 와 손을 흔들고
햇빛이 와 눈물
반짝이는 거

가끔은 하늘의 주인
새들도 휘익 사선斜線을 타고 날아와
지절거리는 거

바라보며 귀 기울이며
혼자서도 쓸쓸하지 않아
그래, 나는 혼자서도
잘 노는 어린아이.

(1997 .12. 27)

그러한 시

- 김동현의 첫 시집 「겨울 과수밭에서」 출간에

가을날 아침 짙은 안개가 걷히면서

산이 보이고 나무와 들이 보이고

하늘이 보이고 나무와 바위가 보이듯

먼 데서부터 천천히 가까워지는

그러한 시

첫날밤에 옷 벗은 신부가

돌아앉아서도 얼굴 붉히고

불을 끄고서도 한참을 멈칫거리다가

드디어 옷고름 풀고 치마고름 풀고 속곳을 벗듯이

천천히 천천히 알몸이 되는

그러한 시

그러나 다시 보면
짙은 안개에 싸여 아무 것도 보이지 않고
새소리만 연달아서 우리에게 보내오는
그러한 시.

(1977. 10. 24)

상을 받으며

– 민병기 시인

생각잖게도 제2회 현대불교문학상 수상자 되어
상을 받으려 하니 지난해 김달진문학제
진해에서 만난 창원대학교 국문과 교수
민병기 시인 생각 떠오른다

참말로 좋은 시인은 오래도록
아름다운 시 쓰면서도 상 같은 건
받지 않는 시인이라고, 그러니 당신도
문학상 같은 건 받으려 넘싯거리지 말라
그해 가을 공주에서 가진 내 개인시화전까지
일부러 찾아와 다짐 두고 간 민 교수 생각나
잠시 민망스럽다

그러나 좋으신 이웃이여

가을 감나무 밑에서 홍시감 하나

배곯는 아이에게 던져주는 요량으로

산 속에 숨어 계신 부처님 은밀히 던져주시는 상

얼굴 붉히며 받고자 하오니

나무라지 말구려 잠시만 눈감으시구려.

(1997. 3. 26)

시인은 무관

― 박남수 선생

시인은 끝내 무관
무관이 본분이다

평양 하늘 위에 뜨고
도쿄 하늘 위에 뜨고
빙글빙글 서울 하늘 위에서 돌다가

태평양 건너 훌쩍 아메리카
플로리다와 뉴저지 하늘 위에서도
잠시 머물다가

빛이 되어 바람 되어
사라져버린 갈매기, 잿빛
갈매기 시인

가슴 안에 말씀의 금싸라기

복음의 메시지 가득

끝내 오늘 무관인 시인의 이름이

문득 그립다.

(1998. 3. 7)

산 울음

− 오세영 시인

얼마나 고적하면 산이 다 운다 하랴

새들도 날아가고 구름도 스러지고

벼랑도 나중 끝자리 혼자 듣는 산 울음

산 울음 메아리쳐 골골이 울려 버져

꽃 피고 새가 울고 나무들 푸르러서

끝내는 노래의 강물 넘쳐나기 비옵네.

(1999. 5. 6)

매화 한 가지

- 유재영 시인

나이 들어 친한 사람 하나둘 멀어지고
새로이 사귀기는 더더욱 어렵거늘
좋으신 벗님 만남이 어찌 아니 기쁘랴

이 세상 어딘가에 내가 좋은 사람 있고
그도 나 좋아함이 살아 있는 복락이라
가슴속 매화 한 가지 품음즉도 하옵네

봄이여 어서 오라 꽃이여 피어나라
마음에 꽃 있어야 꽃인 줄 안다는데
그 매화 화들짝 놀라 피어나기 기다려.

(1999. 1. 17)

철없는 기도

- 송수권 시인을 위하여

여기, 한 사내가 울고 있습니다
오직 그 아낙 한 사람만을 위해
울고 있습니다
이적지 한 번도 그렇게 울어본 적이 없는
깊은 울음입니다

여기, 한 사내가 울고 있습니다
전라도 순천 땅에서도 울고
서울 여의도 땅 성모병원
1205호실 한 아낙네
맨발을 쓰다듬으며 또 울고 있습니다

울면서 울면서 오직 한 가지
기도입니다
살려주옵소서 부디 저의 아낙을
살려주옵소서
늙어서 비로소 철이 없어진
한 시인의 기도입니다

하나님, 저 철없는 사내의 기도를
부디 버리지 마옵소서
가납하옵소서.

(2003. 12. 11)

또래
－ 해방둥이 동년배 시인들에게

티각태각 싸운 일도 있었다
남의 밥에 든 콩이 더 크게 보여 눈을 부라리며
부러워한 적도 있었다
내가 먼저라커니 네가 나중이라커니 따지기도 했었다

그러나 이제 저도 모르는 사이
산꼭대기에 발을 디뎌버리고 만 우리
무얼 디 싸우고 무얼 더 부러워하고
무얼 더 따지려 들겠는가

돌아보아 땀 흘리며 서로 다르게
올라온 길을 밝혀 말하지 마세나
그저 여기저기, 서거니 앉거니 모여서
잠시 이마에 솟은 땀이나 씻어 보세나

가쁜 숨 고르면서 구름 구경 바람 구경

조금 더 하다가 앞서거니 뒤서거니 올라왔던 산

되짚어 내려갈 생각이나 해 봄세나.

(2004. 12. 25)

그리며

1

목월 선생 안 계신 서울 가서 무엇 하나?
당신은 인자하고 다정했던 내 시의 아버지
당신으로 하여 문이 열린 나의 시와 나의 서울
노을에 물든 북쪽 하늘 향해 고개 떨군다.

2

이제 새삼스레
그 누굴 사모하여 밤을 새우랴

초집 흙 바람벽에 기대앉아서
앞산의 눈썹
살가운 아가씬 양 다가드는 날,

이제 새삼스레

그 누굴 못 잊어 촛불 밝히랴

붓끝으로 후비고 심근 인연

처마 밑 울파자 밑

제비의 인연.

(1979. 4. 12)

군자란

– 박목월 선생을 마지막 뵙고

원효로 4가 5번지

대문을 밀고 들어서면

언제나 거기 그렇게 계시려니 하던 그분,

언제나 따습고 커다란 손으로 맞아주시려니

여기던 그분,

한 번 큰절이 아니라

두 번 큰절로 마지막 뵈오러 가는 길

이제 이 길목도 마지막이구나 싶어

더듬더듬 막걸리집에 들러

막걸리 한 사발씩 사서 마시며 가는 길

주인은 가셨어도

상가 뜨락 구석지

새봄맞이 군자란은

탐스러운 꽃대를 올리고 있었다.

(1978. 3. 24)

구두

– 목월 선생을 꿈에 뵙다

목련꽃 오므는

해 다 저물녘

구두 한 켤레

어디론지 떠나고 있다

구두는

망가지고 헐거워진

이승의 구두,

가도 가도

있을 거라는 소문뿐인

강원도라 깊은 산골

잔칫집 찾아.

(1984. 8. 24)

마지막 난초

― 신석정 선생 영전에

태풍 길다호가 제주도 남단을 강타할 거라는 소식에 끼여

1974년 7월 7일 아침 일곱 시 뉴스

없었어도 좋은 소식

전주의 신석정 선생이

타계했다는 아나운스먼트

살아 계신 생전에 한 번 찾아뵙고

얼굴이나 익혀둘 길,

저승에 가서 얼굴 몰라 어떻게 찾아뵙나?

때늦은 후회

'촛불'을 노래했던 시인

'슬픈 목가'를 노래했던 시인

'빙하'를 노래했던 시인

'대 바람 소리'와 '산'을 노래했던

오로지 당신은 시인

가람 선생 가시고 당신은

마지막 한국의 난초였습니다

멀리 등 굽은 은백색 해안선이 빛나는 자작나무 숲의 등성이에서 당
신은

일림이와 난이의 좋은 친구였습니다

당신의 시집을 읽고 시 쓰기를 결심했던 소년

좋아하는 소녀의 이름을 난이라 지어 부르던 소년은

자라 서른 살

가난한 나라의 시인이 되었고

당신 안 계신 한국의 하늘 아래

앞으로도 부질없는 시를 쓰겠지요

이제 제게 남은 건

'오월의 햇볕이 유난히 화창한 나의 작은 방 안에서 군의 편지를 읽
는 것은 즐거운 일이었습니다'로 시작되는 16년 전 당신의 편지 한
장뿐

전주시 남노송동 175번지

고아한 당신의 뜨락

그 많은 철쭉이 주인 떠나보낸 오늘

살아서 땀에 절은 시인의 옷을 벗고 선생이시여

산같이 깊은 잠

편히 쉬소서

아아, 당신은 오늘로

한국의 또 하나 산이 되셨습니다.

(1974. 7. 8)

파초

– 박용래 선생 영전에

저승길에도
골목마다 술집은 있을는지요?
다치신 바른쪽 다리
절뚝이며 절뚝이며
여윈 몸으로 어찌
그 머언 길 가실는지요?
땅 위에서 가난하고 외로웠으며
복 받지 못한 사람은
하늘나라가 저희 것이라 하였으니
하늘나라 보배가 저희 것이라 하였으니
술값 걱정 마시고
좋은 술 안주하여
목마르지 않게 자시며
쉬엄쉬엄 가시라요
아픈 육신의 사슬 끊고
새 되어 훨훨 날아가시라요
지구라는 별의 북반구

북반구에서도

당신 무던히도 사랑했던

한국어의 나라,

그 반짝이는 시어들 다 누구 주시고

그 많은 눈물 다 누구누 구 주시고

혼자만 가시는지요?

당신 좋아하던 제비들도 새끼 쳐

남쪽으로 떠난 지 오래

늦가을 무서리에 파초만

후줄그레 이파리가

무너져 내렸습니다.

(1980. 11. 21)

시인의 편지

– 권달웅 시인

반가운 이름이기에 선 채로 봉투를 열었다

모처럼 하얀 종이에 또박또박 쓴 글씨
보내준 시집 잘 받았다는 말
아플 때, 때를 잃어 문병을 못 가
미안했노란 말이 우선 가슴에 와 닿았다
시인은 오래 살아야 하고 아프지 말아야 하는데
그렇지 못한 것이 슬프다는 말이 다시
가슴에 와 닿았다

그러나 끝부분에 쓴 몇 마디 문장
이제 쉬엄쉬엄 몸도 생각하며 시를 쓰라고
좋은 음식, 좋은 음악 많이 먹으라는
당부의 말이 더 마음에 와 닿았다
그렇구나! 음악도 음식처럼 먹는 것이구나
이제부터는 귀를 배고프게 하지 말아야지

사서함이 있는 우체국 뒷문을 빠져나오면서
혼자 웃어보았다.

(2008. 10. 23)

진짜 시인

사람들 눈치를 보며
때로는 바람이나 나무나 꽃들의 눈치도 살피며
구석진 곳으로 조용한 곳으로
비껴 앉고 또 비껴 앉으며 사는 사람

오직 시에 대한 생각
가슴에 태양처럼 안고 긴 밤을
뜬 눈으로 새우는 남자

육십이 넘도록 혼자서 살았고
앞으로도 혼자서 살아갈 총각
나는 가짜 시인이고
이 사람이야말로 진짜 시인이 아닐까?

될수록 먹을 깃도 조금 먹고
말도 줄여서 하고
될수록 글도 조금 쓰고
숨조차 조금씩 아껴가며 쉬는 사람

그렇게 세상의 강물을 조심조심 숨어서
소리 없이 자취 없이 건너가고 있는 한 사람,
내가 서울 어딘가에 숨겨놓은 시인, 나의 친구 임석순.

(2009. 5. 5)

아침잠

– 이건청 시인

아, 새벽에
눈부신 수묵 빛 새벽에
오래 묵었어도 하나도
빛이 바래지 않은
젊은 우정을 생각한다

지상에 문득 지상에
형님, 형님 같은 시인 한 분
늘 부드럽고 나긋나긋 정겨운
눈빛이며 손길
젊은 날의 악수를 생각한다

나이 들어 이렇게
아침잠이 짧아짐도 그리
나쁘지는 않겠다.

(2014. 1. 15)

셋이서

자치동갑 홍희표
한 살 아래인 그는 박용래 시인한테
형님이라 부르고
한 살 위인 나는 박용래 시인을
선생님이라고 불렀다

그런 데도 박용래 시인은 늘
홍희표에게만 후했고
나한테는 박했다

까칠한 박용래 시인
글을 보고서도 트집이 많았고
옷 입은 걸 가지고서도
촌스럽다 핀잔을 했다

나중에 홍희표랑 셋이서
주막에서 만나게 되면
막걸리 한잔 사드리면서
왜 그랬느냐 물어봐야겠다.

(2014. 9. 12)

한 소문
- 이육사 선생을 그리는 마음으로

검정색 중절모를 눈썹까지 눌러쓴

한 젊은 사내가 새하얀

무명 두루막 자락을 휘날리며

살얼음 언 압록강을 건너 눈 덮인

만주벌로 떠났다는 소문이 있었다

몇 번이고 되풀이해서 그러다가 끝내

돌아오지 않았노라는 소문이

또 있었다

다만 그의 고향 마을에서는 아직도

그를 기다려 7월의 청포도는 여전히 익고

이웃들은 은쟁반에 모시수건을 곱게

마련해 둔다는 것이었다

이제금 그가 기대어 서 있던 교목은

혼자서 쓰러지고

그가 그리워하던 초인도 혼자 찾아와

그를 기다리다 혼자 울며 떠났다는 것이었다.

(2004. 3. 22)

강아지풀 따서

- 홍희표 시인 · 1

강아지풀 따서

머리에 꽂고

쫄랑쫄랑

길 떠난 소녀

강아지풀 꺾어

콧수염 하고

쫄랑쫄랑

따라간 소년

먼저 간 이도

보이지 않고

따라간 이도 이제는

보이지 않아

다만 남겨진
발자욱 자욱마다
눈물처럼
빗물이 고여

하늘의 별들이
내려와 놀고
더러는 시가
되기도 한다.

(2010. 8. 23)

계룡산 너머

― 홍희표 시인 · 2

계룡산 너머 마디재 너머
홍 교수 외로운가 보다
가끔은 나 형, 더듬는 음성으로
전화를 한다

계룡산 너머 마티재 너머
나도 덩달아 쓸쓸한가 보다
가끔은 홍 형, 굼뜬 목소리로
전화를 건다

이렇게 우리 외로워지고
쓸쓸해지기 위해
나이 든 사람이 되었나 보다
나이 듦이 새삼
후회스럽지 않아서 좋다.

(2010. 8. 23)

동리 목월 문학관

경주에서 태어나
대구에서 잠시 살고
서울에 오래 살던 선생님,

이제는 고향 경주로 내려가
주민등록증을 옮긴 채
살고 계셨다

형님 같은 동리 선생 댁 옆에서
다시는 더 이사를
하지 않는다 하셨다.

(2014. 6. 20)

유성 거리

한때는 이 거리가
시인 한성기의 거리일 때도 있었다

우체국 옆 사거리에
빵 가게를 내고 있었다

휘적휘적 걸어가던
키 큰 함경도 사나이

가끔은 함경도에서부터 따라온
외로움과 슬픔이 뒤따라 다니기도 했었다.

(2014. 7. 6)

나태주

내 이름은 나태주

평생 동안 자동차 없어

버스 타고 택시 타고

KTX 타고 전국으로

문학 강연 다니며

사람들에게 농을 하기도 한다

이름이 나태주라서 자동차 없이도

잘 살아간다고

나태주, '나 좀 태워 주세요'

그래서 사람들이 잘 태워 준다고.

(2015. 4. 26)

신달자

세종시청 시민용 자전거 대여 판매업소 이름이
'신나게 달리는 자전거'
그 위에 큰 글씨로 '신 달 자'
어라! 내가 아는 신달자 시인 이름이
여기 쓰여 있네
그렇구나 '신나게 달리는 자전거'
그것이 날마다 우리들 인생
그랬으면 얼마나 좋을까?

(2015. 4. 26)

겨우겨우

– 박희진 선생 시집 『영통의 기쁨』을 읽다가

날마다 투덜거리며

열심히 사는 것은

무언가를 얻기 위해

그러는 것이 아니라

이미 가진 것을 조금씩 내려놓고

버리기 위한 몸부림이란 것을,

때마다 순간마다

머리 조아려 기도하는 것은

높이 오르기 위해

그러는 것이 아니라

이미 올라간 곳에서 조심조심

내려오기 위한 노력이란 것을,

그리하여 비어있음으로

고요하고 가득하고

내려옴으로 평안하고 진정

행복에 이를 수 있음을!

겨우겨우 뒤늦게 알아갑니다.

(2014. 6. 26)

10주기

한번 여행을 떠났다 그러면
한 달이고 두 달이고
전화도 편지 한 장도 없던
무심한 남편, 이성선

세계의 끝보다도 더 먼 나라로
여행을 떠난 뒤로 10년
여전히 전화도 편지 한 장도 없는
무심한 시인, 이성선

지금도 멀리 여행 떠났거니
그리 알고 살아요
아니지요 우리가 여기서
여행 마치고 돌아가면
다시 만나게 되겠지요

어느 날 시인의

부인과 통화하면서

주고받은 이야기들.

(2011)

평나리
– 시인 김동현이 보고 싶은 날

활짝 몸을 연
산벚꽃나무 아래
까투리, 까투리 날고
장끼 목청껏 울음 우는 한낮

구름 낀 하늘
가랑비 봄비
오다가 멎고
그쳤다가 또 오시고

따뜻한 장판방
아랫목에 궁둥이
붙이고 앉아
일 없는 젊은 내외

민화투 치면서

마주 빙긋 웃기도 한다

까투리 장끼가 따로 없다

그 옛날의 초가집

추녀 아래.

(2014. 4. 12)

서안에서

대륙은 역시 대륙
한결같이 서정이 아닌
서사로 다가왔다

고구마 줄기를 잡아당기면
따라 나오는 고구마덩이들처럼
떠오르는 이백이나 두보나 왕유,
소동파의 문장들

한사코 그들은
아무 말도 하지 말라, 떠나라고
햇빛과 바람을 시켜
내 입을 틀어막았다.

(2015. 7)

시인 김광섭

젊어서 청운의 뜻을 품었지만

끝내 구름을 잡지 못하고

늙어서 아내 잃고 병을 얻어

시 쓰는 사람으로 돌아왔다

사람들은 그에게서 어린아이를 보았다

해맑은 모습 천진한 웃음을 보았다

돌아간 뒤 생의 부스러기처럼

몇 편의 시가 떨어져 있었다

사람들은 그를 시인이라 불렀다.

(2015. 6. 1)

시인을 위하여

누가 그를 시인이라 부르나?

사람들이 시인이라 부를 때보다
나무들이 꽃들이 그를
시인이라 부를 때 더욱
그는 시인이고

더 멀리 오래는 바람이 흰 구름이
저 혼자 흘러가다가 빙긋이 웃으면서
당신이 바로 시인이군요
그렇게 불러줄 때 정말로
그는 시인이 되는 것이다.

(2015. 8. 3)

100년, 아버지

– 박목월 선생 탄신 100주년에

짧지 않은 한국시사 100년에서
오롯이 아버지 같은 시인 한 분 꼽으라면
누구라도 서슴없이 대는 이름, 박목월

어찌 나 한 사람만 그럴까 보냐
많은 시인들 선생님에게서 아버지를 보았고
아버지를 살았고 지금도 아버지를 잊지 못한다

엄하지만 두렵지 않게
자상하지만 속내 깊고 따스하게
어디 가서 이런 시의 아버지를 다시 만나랴

선생님 세상 떠나신 지 37년
어느새 이렇게 많은 세월이 흘렀단 말이냐
그래도 마음속에 살아 계신 시의 아버지

열여섯 어린 나이 선생님 시를 읽고
시인 되기를 결심하여 이제 71세 노인 되었지만
여전히 선생님은 변함없는 마음의 스승

그동안 세상물정 많이 바뀌고 뒤집혔어도
오로지 변하지 않는 하나의 푯대가 있어
이 땅의 시인들 흔들림 없이 나아가는 길

어서 가자 어서 따라오너라
굵고도 나직하게 채근하시는 음성
예, 아버지 가요, 저희들 지금 가고 있어요

100년을 흘러서 더욱 아득히 멀리
앞으로 다시 100년 또다시 100년
그 강물 흐르고 흘러서 멈춤이 없을 것이네.

(2015. 5. 29)

못다 한 3인행

오늘 내가 문득 눈물 글썽임은
꽃이 만발 피어서도 아니고
더러는 꽃잎이 바람에 날려서도 아닙니다

그것은 오직 남도의 한 시인
걸쭉한 가락과 한국의 정신으로
이 땅의 시를 노래한 송수권 시인

70년대 시인이 되어
강원도의 이성선 시인이랑
자연시인, 시골시인 3인행으로
함께 해온 송수권 시인

먼저 훌쩍 세상을 떠났다는 소식
들었기 때문입니다
혼자 남은 외로움과 쓸쓸함
때문에 그러는 것입니다

수권 형!
이성선 형 먼저 보내고 여러 차례
보고 싶다고 그러더니
3인행이 깨졌으니
더는 만날 일 없다 그러더니

이성선 형 보고 싶어
그토록 서둘러 하늘 길 열으셨는지요?
꽃 피는 철에 바람에 날리는 꽃잎처럼
문득 세상의 줄을 놓아버린 수권 형

조금만 기다리시구려
나도 아직은 남은 이 땅에서의 숙제
마저 끝내고 나면 하늘나라로 가서
우리들 못다 한 3인행
다시 이어가십시다

어려운 길 부디

편한 마음으로 쉬엄쉬엄 가시구려

먼저 가서 기다려 주시구려.

(2016. 4. 5)